# Het kerstverhaal van Ole
en andere voorleesverhalen uit
Friesland

verteld door
## Klaus J. Uhlmann
- eerste bijgewerkte Nederlandse editie-

Herstellung und Verlag: BoD - Books on
Demand, Norderstedt
ISBN: 978-3-7534-2206-0

# INHOUD

## Voorwoord

Iedereen die Ole ontmoet houdt van hem. Omdat "beminnelijk" - dat is zijn aard. Ole is de bijzondere held van deze verhalen. Eigenlijk is hij geen held, geen held in de gebruikelijke zin, eerder een antiheld. Omdat Ole niet is wat zo algemeen omschreven wordt als "normaal". Hij is niet sterk. Hij is ook niet slim, en hij is niet bijzonder knap. Hij is meer fysiek onhandig, onhandig, en mentaal niet echt dom, maar erg simpel van geest. Ole zou er nooit aan denken iets te doen wat anderen zou kunnen kwetsen of schaden - en hij zou er zeker nooit aan denken

om iets slechts te doen. Hij kan niet eens op die manier denken. Nee - Ole is aardig, is aardig voor iedereen die zijn wereld vormt: Mensen, dieren, planten. En omdat hij vriendelijk is tegen iedereen, is hij ook geliefd bij iedereen. En zo is hij altijd gretig om goed te doen in zijn dorp, om de zwakken te helpen, om de bedroefden te troosten - kortom, om te geven. Dit is wat hem een held maakt, vooral een held van Kerstmis, wanneer hij oude ideeën en denkwijzen afbreekt, ze op zo'n manier afbreekt dat de lezer, dat de mensen om hem heen, zich afvragen: "Waarom hebben we dat zelf niet bedacht?" Ole wordt intens gesteund door zijn vriend Kai-Uwe en zijn oude leraar Tomke.

Spannend en toch eenvoudig verteld en voorgelezen bij warm kaarslicht of knapperend haardvuur - zo laten zowel kinderen als volwassenen zich graag telkens weer in vervoering brengen door deze verhalen.

# Een

## Het kerstverhaal van Ole - of: Hoe Ole een nieuw licht ontstak.

In heel Duitsland wordt het kerstverhaal uit het evangelie van Lucas al honderden jaren met kerstmis in de kerken voorgelezen. - –

In heel Duitsland? - Nee! - Niet in een klein Oost-Fries dorpje in het uiterste noordwesten van de republiek, zo klein dat het op geen enkele kaart te vinden is, in KleinFunixwarderSiel.

Daar, in de kleine kerk, spelen ze al enkele jaren met Kerstmis het "Kerstverhaal van Ole". En zo is het gekomen:

Iedereen in het dorp kent Ole. Geen wonder, zult u zeggen, in een dorp van 300 mensen kent iedereen iedereen. Maar Ole is iemand speciaal. Het zou gemeen zijn en ook verkeerd om hem de dorpsgek te noemen. Zeker, hij is een beetje simpel van geest, een beetje traag in denken en handelen. En dat is waarom hij maar vijf rangen heeft doorlopen, maar wel 2x per klas. En zo heeft hij niets geleerd, geen echt vak tenminste. Maar Ole is aardig, aardig voor de ouden en de zieken, aardig voor de kinderen, aardig en behulpzaam voor iedereen in het dorp, aardig voor de dieren van de boeren, aardig voor de dieren in het bos. Ole is als een stralend licht. En dat is waarom iedereen hem zo graag mag.

En toen kwam de dag dat er veel veranderde in KleinFunixwar-derSiel, de dag dat Ole een nieuw licht ontstak. De inwoners van KleinFunixwarderSiel hadden de ambitie om elk jaar met Kerstmis een nieuwe kerststal op te voeren. Sinds KleinFunixwarderSiel's nagedachtenis, had de oude Tomke, de gepensioneerde onderwijzer, de leiding.

Voor de nieuwe kerststal had ze een presentator nodig, sterk en robuust van bouw, hij hoefde niet veel te zeggen, maar hij moest wel indruk maken. De smid die deze rol altijd had vervuld was ziek en het was niet gemakkelijk een opvolger te vinden. Toen had

Tomke een idee: Ole. Hij was lang en knap, en zoals ik al zei, hij hoefde niet veel te praten.

Ole was zo blij toen Tomke hem vroeg. Hij mocht meespelen in het Kerstspel, in het beroemde Klein-FunixwarderSiel Kerstspel, en in een hoofdrol. Hij knikte alleen maar enthousiast met zijn hoofd, hij kon geen geluid maken door zijn opwinding.

Er waren nog 10 weken om te oefenen, maar 10 weken kunnen heel snel voorbij gaan als je zo'n groot doel voor ogen hebt. Toen de zwangere Maria en Jozef bij hem aanklopten, moest hij zeggen: "Geen plaats!" En toen zij bedroefd om genade smeekten, moest hij zijn arm met uitgestrekte vinger uitstrekken en zeggen: "Rot op!" - Vier woorden maar, maar hoe langer en hoe meer Ole zich in de rol inbeeldde, hoe moeilijker het hem leek. En niet één keer speelde hij met het idee om Tomke af te wijzen. Maar toen zei hij tegen zichzelf: "Een belofte is een belofte."

Kerstavond, de dag van de voorstelling, brak aan. De kerk is helemaal gevuld - zoals elke Kerstmis. De kinderen hebben net "Stille Nacht, Heilige Nacht" gezongen. Maria en Jozef, voorovergebogen, duidelijk zwak en ijskoud, kloppen op de deur van de herberg. De deur gaat open en naar buiten stapt, lang en met de armen over elkaar, de herbergier - Ole: "Geen plaats!" galmt hij luid. Marie en Josef smeken en smeken om genade, maar tevergeefs. Als Ole zijn arm uitstrekt met zijn uitgestrekte wijsvinger, draaien ze zich al om en vertrekken. Maar ineens wordt de vinger vager en langzaam vormt zich een hand, een wenkende hand. "Hallo Joseph, jij ook, Mary. Jij - jij mag mijn kamer hebben!" – Doodse stilte.

Zelfs de ritselende muizen in de oude kerkbalken staan stil.                    -

En dan klapt er een, en dan breekt er een storm van enthousiasme los. En de organist slaat de toetsen aan en nog nooit is "O du fröhliche" zo mooi gezongen in Klein-FunixwarderSiel. En sinds deze kerst speelt de kerk in KleinFunixwarderSiel met Kerst-mis "Ole's Kerstverhaal".

## Twee

## Ole's oogst - of: De mens leeft niet van brood alleen

U herinnert zich zeker Ole, Ole van KleinFunixwarderSiel, het kleine Oost-Friese dorp in het uiterste noordwesten van de republiek, zo klein dat het op geen enkele kaart te vinden is.

Ole is de bijzondere in dit dorp van 300 zielen, degene die een beetje simpel van geest is in zijn denken en doen, die daarom maar vijf klassen van school heeft kunnen halen en dus niets behoorlijks heeft kunnen leren - maar die door iedereen geliefd is omdat hij zelf aardig is, aardig voor de ouden en de zieken, voor de kinderen, voor iedereen in het dorp, zelfs voor de dieren van de boeren en het bos. Ole is als een stralend licht, en we hebben van hem gehoord dat hij het kerstverhaal herschrijft, of liever herleeft, in het kerstspel KleinFunixwarderSiel. Maar Ole's licht schijnt niet alleen met Kerstmis, en niet maar één keer.

De KleinFunixwarderSielers vor-men een levende gemeenschap. En veel, ja, bijna alles wat deze gemeenschap uitmaakt, wordt ook collectief aangepakt en bereikt. Bijvoorbeeld alle werkzaamheden en activiteiten die zich in de loop van het jaar voordoen, door de opeenvolging van de seizoenen, met name zaaien en oogsten.

In de lente worden alle velden samen bewerkt. Ze worden geploegd en geëgd en gezaaid. En iedereen heeft zijn plaats en zijn taak. Ole is er ook altijd, maar hij werkt niet, niet echt. Terwijl de anderen zwoegen op het land, ligt Ole in het frisse gras en geniet van de voorjaarszon, de prachtige lentekleuren in de natuur en luistert naar het concert van de vogels. Wanneer de anderen hem plagen - wij herinneren ons: niemand is kwaad op hem - en hem vragen: "Wel, Ole, nu al vrij van werk? We hebben je nog niet op het werk gezien." Dan antwoordt Ole in alle ernst: "Maar ik werk ook. Je zal wel zien."

En het hele ding is zo oké. Ole is veel te onhandig voor het meeste werk; hij zou alleen maar in de weg lopen.

En zo gaat het het hele jaar door: In de zomer, als er hooi wordt gemaakt, als de tuinen worden klaargemaakt, zelfs als de mooie zomerfeesten worden voorbereid en gevierd - Ole is er altijd, luisterend, zich verheugend met de anderen, spelend met kinderen en vlinders. En als men hem vraagt: "Ole, wat ben je aan het doen?" zegt hij: "Zie je, ik zing, ik speel, ik vlieg - om fit te worden voor de winter."

En dat de machtige herfst, met de oogst van alles waarvoor in de loop van het jaar is gewerkt, ook een bijzondere oogst voor Ole in petto heeft, behoeft geen bijzondere vermelding. Alleen, Ole oogst anders dan de andere oogstmachines. Ole oogst met open ogen en oren, met alerte zintuigen en een zuiver hart.

En dan komt de winter, die in KleinFunixwarderSiel vaak erg koud, erg streng en erg lang is. En op de lange winteravonden, die soms al in de namiddag beginnen, komen de mensen van KleinFunixwarderSiel graag samen, voor koek en thee of zelfs grog. In het begin is dit ook heel mooi, maar met de toenemende duisternis in de lange winter worden de avonden ook steeds stiller, misschien steeds kouder, misschien ook steeds eenzamer en droeviger, misschien ook steeds saaier, vooral voor de kinderen. Het raakt de geest gemakkelijk, of zoals ze in moderne termen zeggen, het maakt je depressief. Maar dat alles is maar half zo erg, of helemaal niet erg, als Ole in de buurt is. En Ole is met iedereen, hij is overal uitgenodigd.

Ole praat over de zomerdagen, hij haalt herinneringen op aan het grote ontwaken in de lente, hij zingt en fluit de liedjes van de vogels met de kinderen en hij jaagt nog eens met hen op een bijzonder mooie vlinder. Met mollige wangen imiteert hij het gesnuif van Max en Olle, de twee paarden van boer Harms, die nog steeds aan de ploeg worden gehangen. En met "Tok, tok, tok" laat hij de tractor weer rijden, zoals die de caravan uit de modder had getrokken.

Ole herinnert zich alles wat de afgelopen zomer zo mooi maakte. En als Torge Fedder klaagt over zijn rug en kreunt, zegt Ole: "Torge stop met kreunen. Je moet weer fit zijn in de zomer als je weer met je kar de toeristen naar het strand moet rijden. Weet je nog hoe leuk dat was? Jo, Torge herinnert het zich, grijnst, en zijn rug voelt meteen beter. Iedereen snuift mee als Ole gebaart naar het watergevecht in de dorpsvijver. Wat een gebeurtenis was dat!

En de herfst! En de oogst! Ooit stal hij twee appels van Harms' boerderij.

(Hij vertelt dit overal achter zijn hand - behalve Harms, natuurlijk). En het oogstfeest! Ole mocht helpen de oogstkroon te binden, samen met de volwassenen. Ook al knelde het stro overal en jeukte het stro achteraf overal - hij kan er niet over ophouden.

En de KleinFunixwarderSielers kunnen niet ophouden naar hem te luisteren.

Zo nu en dan vraagt iemand hem: "Ole, waar heb je dat vandaan?" Soms vraagt iemand: "Hoe ben je daar op gekomen?" Dan zegt Ole: "Ik heb het het hele jaar al met je meegemaakt." Dat is zijn oogst. Dan zegt hij: "Dat zegt de dominee altijd: De mens leeft niet van brood alleen." Dan is er stilte. En dan knikt iedereen. En dan zegt iemand, "Yep. Hij heeft gelijk."

En dan op een late winterdag, neemt hij de mouw van zijn jas, veegt er een raam mee schoon, en zegt: "Kijk, de zon komt."

# Drie

## Kerstmis met Ole - of: Niemand zou alleen moeten zijn

Toen hij zag dat de zon de horizon raakte, schrok Ole. Hij had bijna de hele zonnige maar koude winterdag buiten in de natuur doorgebracht, vol geweldige gevoelens van wonderlijke ontmoetingen en ervaringen zoals alleen hij - Ole - die kon beleven. En hij was de tijd vergeten, vergeten dat het kerstavond was en dat ze waarschijnlijk al op hem zaten te wachten in de kerk van KleinFunixwarderSiel, omdat het kerstverhaal - zijn, Ole's kerstverhaal - weer moest worden opgevoerd, zoals elk jaar. Hij moest zich dus haasten en Ole begon te lopen, wat goed voor hem was, want hij had het inmiddels een beetje koud gekregen.

Spoedig was hij in de stad, en terwijl hij naar de helder verlichte kerk liep, zag hij nog juist een figuur met een bundel aan zijn arm zich van de kerkdeur afwenden en weglopen. Maar daar was Ole, die haar bij de arm vasthield en zei: "Moin. Je gaat de verkeerde kant op." "Ik denk het niet," zei de figuur droevig en verdrietig. Nu zag Ole dat hij een jonge vrouw voor zich had. "Ik ben waarschijnlijk niet gewenst." "Maar dat moet je niet zeggen", sprak Ole haar tegen. "Het is Kerstmis. En het zijn allemaal aardige mensen hier. Ik weet dat, omdat zij mij ook leuk vinden. Wat is er aan de hand? Waarom ben je zo verdrietig? Zeg het me!" Hij vergat dat hij haast had en dat er mensen op hem zaten

te wachten in de overvolle kerk. Daar was tijd voor, want dit was veel belangrijker, en hij leunde tegen de kerkdeur en nam de jonge vrouw in zijn armen, zo natuurlijk, als een zuster. Zo was Ole.

...De voorganger in de kerk was meer dan nerveus. Hij had zijn kerstpreek al gehouden, een preek van liefde en menselijkheid, en nu wachtte hij, iedereen wachtte op Ole. Ole was immers de hoofdpersoon in het kerstspel van KleinFunixwarderSiel. De kinderen hadden hun "Stille Nacht, Heilige Nacht" al gezongen. Oude Tomke liet nog een lied zingen.: "Maria durch ein'n Dornwald ging." Op dat moment ging de kerkdeur open en de pastoor zuchtte opgelucht: "Ole, daar ben je." "Het spijt me echt, dominee, dat ik zo laat ben" verontschuldigde Ole zich.

"Maar ik heb iemand anders meegebracht." Met die woorden trok hij de nog wat aarzelende jonge vrouw, wier bundeltje in zijn armen inmiddels tot leven was gekomen en lichtjes jankte, door de deur de kerk in. "Dit is Jette!" hij schreeuwde. "Peter Petersen-jouw Jette!" - En hij ging naar voren naar de kerststal.

Peter Petersen zat - zoals gewoonlijk - in de laatste kerkbank aan de rechterkant, helemaal aan de buitenkant. Ooit was hij een grote sterke man, maar nu kent men hem alleen nog voorovergebogen, met een kromme rug en een wandelstok. Zo zat hij ook in de kerkbank, helemaal voorovergebogen. Meer dan 10 jaar geleden was zijn dochter van huis weggelopen omdat hij zo hard was, zo onverzoenlijk, zo onbegripvol. En een paar jaar geleden was zijn vrouw gestorven - aan liefdesverdriet. Dit alles had hem gebroken. - Bij Ole's woorden was hij rechtop gaan staan, en een kreun, een zucht kwam uit zijn borst - een zucht bijna als een schreeuw."-.

...

De kerststal van KleinFunix-warderSiel was voorbij. Ole had Maria en Jozef uitgenodigd in zijn kamer, zijn huis. En toen de organist het laatste lied speelde, draaide iedereen in de gemeente zich om en keek naar achteren, waar een dolgelukkige Peter Petersen in de laatste kerkbank zat, zijn Jette in de ene arm en zijn kleinzoon, die - net als zijn grootvader - Peter heette, in de andere. En weer was er in KleinFunixwarderSiel reden om "Oh, du fröhliche" zo vrolijk te zingen als nooit tevoren.

## Four

## Ole's geluk - of: Geluk is zelden het grote ding

Wij herinner ons aan Ole, die gelukkig leeft, tevreden, in harmonie met zichzelf, met mensen en dieren, in KleinFunixwarderSiel, midden in een grote bloeiende tuin.

En het recept voor geluk en tevredenheid, het recept voor harmonie met mensen en dieren, het recept voor het laten bloeien van de tuin en het hele dorp? Het recept daarvoor, als men al van een recept kan spreken, ligt hier:

Het was bekend dat Ole altijd een flinke handvol bonen bij zich had. Als hij de dag begon, als hij naar buiten ging, stopte hij een flinke handvol bonen in zijn rechterjas- of broekzak. Niet om ze in de loop van de dag zo onderweg te consumeren, noch om ze ergens te planten. Nee. Daar zaten ze in zijn jas- of broekzak, wachtend. Zij wachtten op ervaringen, kleine momenten van verwondering, van waarneming, van geluk. Ze wachtten op Ole om te zien en verbaasd te zijn.

Telkens wanneer hij zag en zich verwonderde, ging zijn hand, vol dankbaarheid, in zijn rechterzak, nam een boon en stak die in zijn linkerzak. En wat heeft Ole gezien of gehoord?

De glimlach van een mensenkind, blij spel, een bijzonder mooie bloem, de vriendelijke groet van de buurman, de bijzondere vorm van de wolken aan de hemel, een prachtig gegroeide boom, de verscheidenheid aan vruchten, een met succes voltooid werk, liefdevol toegewende ogen, .....

En zo ging de ene boon na de andere van de rechterzak naar de linker. En 's avonds haalde hij de bonen uit de linkerzak en dacht terug en herinnerde zich de voorvallen. Daar was het weer: de glimlach, de liefdevolle ogen, de mooie bloem, de bijzondere boom, het geslaagde werk, en alles wat geweest was.

En ook al had hij maar één boon in zijn linkerzak, toch was het een goede dag geweest door die ene

boon. En dankbare verbazing vulde Ole's hart.

# Vijf

## Ole leert te vergeven - of: gekwetst en vergeven

Het dorpshoofd van KleinFunixwarderSiel droomt ervan zijn gemeente te ontwikkelen voor toerisme, omdat het dorp steeds bekender wordt. Sinds de herfstvakantie zijn er vreemden in het dorp, een echtpaar met een 15-jarige jongen, Kai-Uwe. En het is zo gegaan: De oude Hauke, 82 jaar oud, had besloten te verhuizen naar een bejaardentehuis in de stad. Zijn huisje stond te koop - maar niet voor lang. De ouders van Kai-Uwe zijn nu bezig het om te bouwen tot een vakantie- en weekendhuis, en sindsdien komen ze bijna elk weekend naar KleinFunixwarderSiel.

...

Fokko en Lasse kloppen op de voordeur van Ole. "Kom naar buiten, Ole! We willen bal spelen." Ole hoeft niet twee keer verteld te worden. In een paar seconden is hij klaar en met z'n drieën rennen ze naar het sportveld van het dorp, waar de anderen al staan te wachten. Ole houdt van dit KleinFunix-warderSiel balspel, waarbij vaardigheid en kalmte belangrijk zijn. Zoals bekend ontbreekt het Ole niet aan kalmte, en wat hij aan vaardigheid mist, maken de anderen goed. Ze kennen hun Ole en ze houden van hem.

Na 10 minuten zien ze dat een jongen aan de rand van het veld staat te kijken. Het is de vreemdeling - of beter - de nieuwe man, Kai-Uwe, die de vrienden ziet spelen en af en toe spottend lacht. Na nog eens 10 minuten gaat Fokko erheen, "Wil je spelen?" "Ja, dat doe ik. Maar niet dit stomme spel. Dat is voor meisjes." "En wat is geen stom spel voor jou?" "Nou, voetbal! Dat is een spel voor mannen! Een vechtspel, man tegen man!" Ze weten niet veel van voetbal. Maar zij willen Kai-Uwe een plezier doen, dus laten zij hen het spel kort uitleggen, waarbij Ole er het meeste niet van begrijpt. Als er twee teams worden gevormd, hoort hij bij Kai-Uwe's team. De eerste paar minuten gaat het spel natuurlijk aan Ole voorbij. En als hij een paar keer pijnlijk wordt geduwd en zelfs een keer op zijn voet wordt getrapt, heeft hij er geen zin meer in. Hij draait zich om en wil het veld verlaten. Daarbij loopt hij Kai-Uwe in de weg, die op hem afkomt en tegen Ole aanloopt. Ole valt neer, tranen van pijn schieten in zijn ogen. Dan begint Kai-Uwe te schreeuwen: "Jij stomme klootzak! Als je geen idee hebt, donder op! Rot op!" Ole bevriest, de aarde stopt voor hem.

Zoiets had nog nooit iemand tegen hem gezegd, hij zou er niet eens aan gedacht hebben dat je zoiets überhaupt zou kunnen zeggen. En dan realiseert hij zich. Hij raapt zichzelf op, draait zich om, en strompelt het plein af - naar huis, gewoon weg van hier. Geen blik wierp hij terug.Als hij dat had gedaan, zou hij hebben gezien dat zijn vrienden zich rond Kai-Uwe, de vreemdeling, hadden verzameld en opgewonden met hem hadden gepraat. Maar op dat moment, kon het hem ook niet schelen.

Ole trekt zich terug; verschanst zich als een gewonde beer in zijn grot. Hij is gehavend, diep gekwetst. Hij gaat zelden het huis uit - alleen voor het hoognodige. En in het weekend komt hij helemaal niet opdagen. Alle pogingen om hem op het rechte pad te krijgen hebben niets opgeleverd.

Dus een paar weken gaan voorbij. Tijdens de advent worden veel lichtjes ontstoken. Met Ole blijft het donker. Op een avond wordt er op de deur geklopt van Tomke, de oude onderwijzer. Ole staat buiten. "Jongen, wat goed van je om te komen! Kom binnen." Ze neemt hem in haar armen en Ole voelt zich goed - voor het eerst sinds lange tijd voelt hij zich goed. In zijn hand houdt hij een ansichtkaart, een adventskaart. "Ik heb deze." Oude Tomke neemt de kaart en pakt haar bril. Ze lacht zachtjes, Ole kan niet lezen, niet goed in ieder geval.

Als ze de kaart leest, wordt ze heel serieus. "Wat staat er?" vraagt Ole ongeduldig. Tomke leest voor, "Lieve Ole! Het spijt me vreselijk dat ik je zo slecht behandeld heb.

Ik kende je balspel niet, en ik kende jou ook niet. Het spijt me - Kai-Uwe." Terwijl Tomke voorleest, loopt er een film in Ole's hoofd: " Jij stomme klootzak! Sodemieter op! Fuck off!" - heel snel en steeds maar weer. Terwijl hij zich omdraait om te vertrekken, zegt de oude Tomke: "Ole, over twee weken is het kerstmis. En we hebben je nodig bij het kerstspel, bij je kerstspel. Denk je er aan? "Ja, gaan we spelen? Onze Josef is hier niet meer." "Laat mij me daar maar zorgen over maken. Goedenacht, Ole."

...

Ole gaat terug naar zijn grot, zijn grot van verdriet. Opnieuw ervaart hij stormen en onweer van binnen, en hij beleeft onrustige dagen en onrustige nachten. "Excuseer me, alstublieft. - Het spijt me." Bijna beschimpend, herhaalt deze zin zich in zijn hoofd. - Nee, zo simpel is het niet. " Jij stomme klootzak!" - "Het spijt me." - Rot op!" - "Het spijt me." En zo gaat het maar door, deze film.

…

Kerstavond. De kerk in KleinFunixwarderSiel zit helemaal vol - het is tenslotte Kerstmis. De pastoor heeft gepreekt over vrede, liefde, vergeving - het is Kerstmis. De beroemde kerststal van KleinFunixwarderSiel is in volle gang

- het is tenslotte Kerstmis.

Ole staat met gevouwen armen, groot en machtig, verheven op een voetstuk voor de herberg en staat op het punt om tegen de twee die daar in gebogen houding voor hem staan, Maria en Jozef, te zeggen: „Geen plaats!" - Jozef tilt zijn hoofd op en kijkt hem aan, droevig en met smekende ogen. Er klikt iets in Ole's hoofd en de film wil opnieuw beginnen, die vreselijke film van de laatste weken en maanden. Maar deze keer niet, deze keer laat Ole het niet toe. Er komt iets anders in zijn hoofd op, "Ole nee. Het is Kerstmis. Je bent een gastheer van liefde. Het spijt me. Het spijt me.

Vergeef." -

Ole laat zijn gevouwen armen zakken, komt langzaam van zijn voetstuk, nadert Josef, kijkt hem lang aan en biedt dan zijn hand: "Ik ben Ole." En Josef zegt, "Ik ben Kai." En dan omhelzen ze elkaar.

Het is oude Tomke die eerst klapt. Dan doet de hele congregatie mee

en de organist start het orgel en... je weet wel: "O, du fröhliche."

# Six

## Ole en de wijzen uit het oosten - of: Het goede doen en de liefde beoefenen.

In KleinFunixwarderSiel, in het uiterste noordwesten van de republiek, lopen de klokken anders dan elders. Een beetje langzamer, dus zonder de druk van haast en stress. En toch, dit jaar leek het voor de mensen hier dat het jaar sneller voorbij was gegaan dan gewoonlijk. Sneller dan gewoonlijk hadden de seizoenen elkaar vervangen. Sneller dan gewoonlijk had de duisternis van november ook weer tot de grote stilte geleid.

Toch waren er niet zo veel ongewone dingen gebeurd die het leven en de ervaring zouden hebben versneld. Alles was zijn gewone gangetje gegaan.

Ole - u herinnert zich de jongeman met het kleine verstand en het zeer grote hart - Ole had elke gelegenheid aangegrepen om bij zijn nieuwe vriend Kai-Uwe te zijn. Tijdens de schoolvakanties en de weekends, die Kai-Uwe's ouders gebruikten om hun boerderij om te bouwen en in te richten als vakantiehuis, had Ole zijn vriend Kai zijn vaderland laten zien, alle plaatsen en mysterieuze plekken waar zoveel te beleven en te ontdekken viel - natuurlijk op Ole's manier. Maar dat was precies wat Kai zo fascineerde. Ole had hem geholpen aan een geheel nieuwe kijk op de dingen en vooral op de natuur.

Begin oktober was er echter iets gebeurd wat nog nooit eerder was voorgekomen in KleinfunixwarderSiel: drie vluchtelingengezinnen met in totaal 12 personen waren aan het dorp toegewezen, drie echtparen met 6 kinderen. Zij werden ondergebracht in Hankens Hof, dat al enkele jaren niet meer was bewoond en bewerkt. De mensen van KleinfunixwarderSiel stonden min of meer hulpeloos tegenover deze situatie, zij wisten niet hoe zij ermee om moesten gaan - niet met deze situatie en zeker niet met de vreemde en vreemde mensen. Het was goed dat er inburgeringsambtenaren van de stad waren die voor alles zorgden. En in het dorp waren ze tot nu toe nauwelijks gezien, misschien durfden ze niet binnen te komen.

Maar Ole zou Ole niet zijn geweest als hij dit nieuwe probleem niet anders had benaderd - op zijn eigen manier. En het was heel eenvoudig en tegelijkertijd uniek - althans voor KleinfunixwarderSiel: Hij ging erheen. Niet één keer, maar steeds weer. En toen Kai er was, gingen ze samen. Ze gingen naar Hassan, Massoud en Ahmed, die de verschrikkelijke oorlog in Syrië ontvluchtten met hun vrouwen en kinderen - geen van hen ouder dan 9 jaar.

In november was het tijd om te oefenen voor het kerstspel KleinfunixwarderSiel, dat tot ver buiten de grenzen van Oost-Friesland bekend was geworden als het "Kerstverhaal van Ole". De repetities vonden plaats bij oude Tomke's, de gepensioneerde leraar. Ole's rol lag vast bij de herbergier, natuurlijk. En hoewel hij maar 7 woorden hoefde te leren en ze eigenlijk uit zijn hoofd kende, maakte hij er een punt van om te oefenen - je weet maar nooit. Kai mocht ook Josef spelen, net als vorig jaar.

Maar op een avond werd er niet

geoefend. Alleen Ole en Kai waren bij Tomke. En Ole had een idee, een geweldig idee, zoals hij dacht. En Kai vond het ook een geweldig idee. Nu moest alleen Tomke nog instemmen. Dus praatten en discussieerden ze die avond meer dan gewoonlijk. En toen Ole ging slapen, was hij zeer tevreden. "Jo" zei hij.

Op kerstavond was de oude kerk van KleinfunixwarderSiel, zoals gebruikelijk, afgeladen vol. De oude kerk met zijn dikke bakstenen muren, de kleine, prachtig gekleurde ramen, de witte en blauwe kerkbanken, het oude, maar krachtige orgel en het prachtige altaar, waaraan in de loop der eeuwen door kunstenaars liefdevol was gewerkt - de oude kerk, die de bezoekers altijd een gevoel van veiligheid en geborgenheid gaf.

Het kerstverhaal van Ole bereikte juist zijn hoogtepunt: de herbergier, Ole, bood Maria en Jozef zijn eigen kamer aan als onderkomen. - Maar voordat het gejubel kon losbarsten en de organist de toetsen kon aanslaan van het traditionele "O, du fröhliche" - stond de oude Tomke op, wendde zich tot de gemeente en vroeg met een gebaar van haar twee handen om stilte. ... Op kerstavond was het weer muisstil in de kerstdienst van KleinfunixwarderSiel. Wat voor verrassing was er deze keer?

"Beste vriend en gasten," zei oude Tomke in de stilte. "We hebben besloten om dit jaar een hoofdstuk aan ons kerstverhaal toe te voegen. In het evangelie van Matteüs staat: "Zie, er kwamen wijzen uit het oosten naar Jeruzalem, zeggende. We hebben zijn ster gezien. En de ster ging hun voor, en zij gingen het huis binnen, en vonden het kind bij Maria, en aanbaden Hem, en openden hun schatten."

Ole was achteruit naar de uitgang gegaan bij de woorden van Tomke. Nu kwam hij weer naar voren, en met hem kwamen drie mannen, aan wie men kon zien dat het geen Friezen waren: met zwart haar, met zwarte baarden, en donkere ogen. En ze droegen - heel plechtig - prachtig gekleurde dozen in hun handen. "Dit zijn Hassan, Massoud, en Ahmed, uit het Oosten, uit Syrië." Hassan overhandigde zijn doos aan respectievelijk Joseph en Kai. Hij opende het, haalde er een stuk papier uit en las hardop: "Wij komen met onze vrouwen en kinderen uit oorlog en terreur. We danken voor vrede en vrijheid." Nadat de aanvankelijke verbazing was weggeëbd - dit moest wel een van de vluchtelingen zijn - kon men in tevreden, lachende gezichten kijken: Ja, vrede en vrijheid, dat was hier. En het was leuk dat iemand hen bedankte dat ze er deel van mochten uitmaken. Zulke dank was goed voor iedereen. Toen gaf Massoud zijn doos aan Kai. Er zat weer een briefje in en Kai las het voor, "We verloren ouders en ons huis door een bom. We danken u voor onderdak." Er was schaamte in de gemeenschap. Iedereen wist dat de Hanken boerderij eigenlijk niet meer bewoonbaar was. Het dak lekte, en het tochtte in elke hoek. Ahmed kwam naar hem toe en overhandigde zijn doos aan Kai en iedereen zag dat hij huilde terwijl hij dat deed. Kai las het briefje hardop voor, "Onze twee kinderen zijn gedood door rebellen. Wij danken u voor uw zorg en hulp." De KleinfunixwarderSielers hadden hun vluchtelingen niets gedaan. Niets. Dus ook niets goeds. Ze bogen hun hoofd, sommigen met tranen in hun ogen. -

Momenten van pijnlijke stilte. Net

toen de pastoor een slotgebed wilde

zeggen, stond Mareike Ottens, de

vrouw van de plaatselijke leider, op en nam het initiatief: "Ik wil thee en punch en koekjes en cake en alles wat daarbij hoort. We zien elkaar over 15 minuten in de parochiezaal," en tot de drie wijzen uit het Oosten die nog voor het altaar stonden: "Iedereen, jij ook." Maar voordat iedereen in beweging kwam, stond ook Johannes Ottens, de dorpsleider, op: "Hinnerk, over 10 minuten met trekker en aanhanger bij het bouwmaterialenmagazijn (het was het magazijn van zijn bouwwerf in de stad), en de andere mannen met gereedschap naar de Hanken-werf Ga,ga!"

Enige tijd later zaten Ole en Kai-Uwe op de Eemsdijk, uitkijkend over hun dorp. Midden in de nacht zagen ze daar ongewone activiteit. Het geklets en gelach van vrouwen en kinderen was te horen vanuit het dorpshuis. De boerderij van Hanken aan de rand van het dorp was ook helder verlicht, en van daaruit kon men commando's horen en het geluid van machines, van zagen en boren en hamers. Ole en Kai-Uwe waren erg blij. -

En plotseling waren er andere geluiden, geluiden als muziek, eerst heel zacht - je zou denken dat het verbeelding was - toen steeds luider, als een lied, een melodie, toen was het een lied, eerst een beetje warrig, en toen begon het op volgorde te komen.

" Hoor je?" zei Kai-Uwe. "Jo," zei Ole. En weldra was Klein-funixwarderSiel gevuld met het kerstlied - onwerkelijk, bijna spookachtig, en toch prachtig "O, du fröhliche." En het leek alsof er geen einde aan zou komen. "Hoeveel coupletten heeft het lied?" vroeg Kai-Uwe. Ole dacht lang en hard na, "Ik weet het niet. Misschien honderd? "Meer, veel meer," zei Kai-Uwe.

## Zeef

## Ole's Kerstmis in de grote stad - of: Kerstmis is anders.

Jullie kennen Ole allemaal - sommigen meer, sommigen min-der - misschien zijn er ook die hem helemaal niet kennen: Ole, de zeer bijzondere jongeman uit het 300 zielen tellende dorp KleinFunixwarderSiel in het uiterste noordwesten van de Republiek. Ole, die iedereen kent en liefheeft, want

Ole is ook aardig, aardig voor de ouden en de zieken, aardig voor de kinderen, aardig en behulpzaam voor iedereen in het dorp, aardig voor de dieren van de boeren, aardig voor de dieren in het bos. Ole, die een beetje simpel van geest is, een beetje traag van denken en handelen, maar die het toch voor elkaar krijgt dat men in de kerk van KleinFunixwarderSiel - en elders - al enkele jaren op kerstavond het kerstverhaal van Ole leest en speelt. Omdat Ole een nieuw licht had aangestoken, een licht van medeleven en liefde. Toen Ole in het traditionele kerstspel KleinFunix-warderSiel voor het eerst de landheer mocht spelen, werd de rol voorzien van 2 zinnen, met 4 woorden: " Geen plaats!" " en " Rot op!" ". Daarmee was alles gezegd, maar niet voor Ole. "Rot op" - Ole kon deze zin niet over zijn lippen krijgen tijdens het optreden op kerstavond in de kerk. En toen hij in plaats daarvan Maria en Jozef het aanbod deed: "Jullie mogen mijn kamer hebben", was het kerstverhaal van Ole geboren.

En sindsdien is Kerstmis het feest van Ole geworden. Eigenlijk, in Klein-FunixwarderSiel, kun je je geen Kerst zonder Ole voorstellen. En eigenlijk kan Ole dat zelf ook niet. - En dat moet je weten om te begrijpen hoe

Ole Kerstmis deze keer beleefde.

Al enkele jaren is Kai - eigenlijk heet hij Kai-Uwe - Ole's beste vriend. Kai's ouders hebben een oude boerderij in KleinFunix-warderSiel als vakantiehuis ingericht en brengen daar bijna al hun vrije tijd met hun zoon door, zelfs met Kerstmis zijn ze er altijd – tot nu toe toch....

Kai-Uwe's moeder is dit jaar jarig geweest en dat wil ze groots vieren. Kai-Uwe's vader heeft een grote promotie gekregen in zijn bedrijf, en dat wil hij vieren. Een club en een sociale organisatie, waarbij de familie actief betrokken is, hadden een jubileum, dat zij groots wilden vieren.

En zo besloten zij, na veel wikken en wegen, alle feestelijkheden te combineren en alles samen te vieren met familieleden, vrienden, buren en collega's op het werk, als onderdeel van een groot kerstfeest....

Ole klopt heel opgewonden aan bij de oude Tomke, zijn vroegere leraar. Hij heeft post ontvangen, een brief van Kai. En wat er staat heeft hem erg opgewonden gemaakt. "Jij, Tomke," valt hij haar aan zodra ze de deur opendoet, "Kai komt niet met Kerstmis." "Nou, kom binnen." In Tomke's woonkamer drinken ze eerst thee, en als Ole - enigszins gekalmeerd - op de bank gaat zitten, moet het eruit: "Tomke, Kai komt dit jaar niet met Kerstmis naar ons toe. Ze vieren het thuis. En ik, ik ben uitgenodigd." "Ik ben blij voor je, Ole. Dat zal leuk zijn, en je leert iets anders kennen." Ole kan Tomke niet helemaal volgen en kijkt haar onbegrijpend aan: "En het kerstspel? Dat gaat dan helemaal niet werken." Tomke legt haar hand geruststellend op Ole's arm. "Ole, ik wilde dat toch met je bespreken. Omdat we dit jaar wat problemen hebben. Ook onze Maria, Siemtje, is hier niet met Kerstmis. Ze doet een semester in het buitenland in Amerika en zal niet thuis zijn voor Kerstmis. En als Kai niet komt, hebben we geen Jozef. Dus we kunnen helemaal niet spelen. "En ons kleine FunixwarderSieler kerstspel? Wat is daarmee? "Nou," zegt Tomke, "ik denk dat we het dit jaar niet zullen spelen, maar we zullen het kerstverhaal uit Ole voorlezen. Ik ben er zeker van dat dat ook heel leuk zal zijn. En je kunt de uitnodiging van Kai en zijn ouders accepteren."

Ole denkt, dat is eigenlijk hij worstelt met zijn gedachten, maar dan zegt hij wel "Jo" en "goed". "Zie je," zegt Tomke. "En je moet ook wat cadeautjes meenemen. Ik heb daar al een idee over, en ik denk dat ik er meteen mee aan de slag ga met onze vormelingen."

…

Ole is verbaasd, en hij weet nog niet of hij zich op zijn gemak voelt of niet. Er zijn nogal wat mensen in de balzaal. Iedereen is chique gekleed en vrolijk. Geschenkverpakkingen wisselen van eigenaar. Mensen omhelzen elkaar, drinken champagne en lachen. Een band speelt kerstdansmuziek. Op de achter-grond zijn de tafels feestelijk gedekt, er is een ongelooflijke hoeveelheid eten aan een buffet. - Iemand luidt zijn glas en houdt dan een toespraak; en nog iemand, en nog iemand. En omdat Ole een opdracht van Tomke heeft, neemt hij moed en laat ook zijn glas rinkelen. Iedereen zwijgt en kijkt hem ietwat geamuseerd aan. Ole zet een mand op tafel en haalt een stuk papier uit zijn zak. Tomke had iets voor hem opgeschreven: "Ik ben blij," leest hij voor, "dat ik hier ben uitgenodigd. Gegroet, gefeliciteerd en vrolijk kerstfeest van Klein-FunixwarderSiel. Ik heb een mand met cadeautjes voor je. Er is een boodschap in een fles voor elk van jullie, met goede wensen en zegeningen voor het nieuwe jaar. Iedereen alsjeblieft een boodschap in een fles." Hij aarzelt, maar durft dan: "Kunnen we 'O, du fröhliche' zingen?" - Beschaamde, ongelovige stilte. Niemand had dat verwacht. Dan roept iemand, "Oh onzin" - en zich tot de band wendend, "Maak eens wat echte muziek. We willen dansen."

...

Ole is erin geslaagd om weg te sluipen. Hij zit buiten op de muur in de koele nacht. Hier kan hij de feestmuziek uit de hal nauwelijks horen. Hij luistert aandachtig tot diep in de nacht, maar waar hij naar verlangt wordt niet gehoord. -

Kai gaat naast hem zitten. "Bedankt." - "Voor wat?" "Voor je zegen" Hij rolt het papier met de wens op "Ik wens je een engel, een engel die er altijd is als je hem nodig hebt."

"Mooi" zegt Ole.

"Ik heb er ook een voor jou meegenomen" zegt Kai. "Hier."

Ole rolt zijn wens op: "Loof de Heer, mijn ziel, en denk aan wat goeds hij voor u heeft gedaan." - –

De twee kijken elkaar aan en slaan hun vuisten tegen elkaar, zoals kinderen tegenwoordig doen als ze eensgezindheid willen tonen: "Vriendschap." "Yo, onze vriendschap." - "Mijn ouders vragen of je een speciale wens hebt voor morgen."

- "Jo," zegt Ole. "Ik wil morgen naar een kerstdienst gaan. - Waar ze zingen 'O, du fröhliche'."

- "Jo," zegt Kai. "Ik ook."

## Acht

## Ole en Emma - of: Geliefd schepsel

Ole is op weg naar Meta Haien. Hij was al een hele tijd van plan haar te bezoeken. Maar de oude Meta woont ver buiten het dorp - een afstand van een goed half uur te voet, per slot van rekening. En Ole is te voet. Hij had de fiets kunnen nemen, maar vandaag waait de oostenwind hard en tegen. En bovendien, het is eind november, en de oostenwind staat bekend als zeer, zeer koud. Ole had op beter weer kunnen wachten. Maar nee - hij had de dringende behoefte om Meta Haien te bezoeken voor een lange tijd. Haar man Torge was in de zomer gestorven en sindsdien woonde ze daar alleen. En zoals we allemaal weten, was dat een van Ole's vele goede kwaliteiten: als hij zijn zinnen ergens op zette, vooral als het was om iets goeds te doen voor anderen, kon niets hem stoppen. En vandaag was precies zo'n dag. Hij is bijna klaar, en omdat hij behoorlijk bevroren is, verheugt hij zich al op een warme thee bij Meta thuis. Als hij de laatste bocht omgaat en Meta's boerderijtje voor zich ziet, ziet hij nog net twee mensen in een auto stappen en wegrijden. Ze komen naar hem toe en hem voorbij rijden. Het kentekennummer is onbekend voor Ole, dus lijken ze van verder weg te komen.

Ole maakt zich een beetje zorgen, klopt op Meta's deur, en is verbaasd als hij onmiddellijk wordt opengedaan door een Meta die positief straalt van vreugde. "Ole, mijn jongen; wat goed van je om te komen." Ze is echt blij Ole te zien-wie in het dorp zou dat niet zijn! - maar de echte reden van haar grote vreugde is iets anders: een klein, uiterst levendig bolletje wol op haar arm. Eén blik en Ole deelt haar vreugde: "Oh Meta, hij is zo schattig!" - "Die, Ole, zij is schattig. Het is een klein hondje, of om precies te zijn...een kleine poedel dame. Kom binnen. Je moet bevroren zijn."

Terwijl Meta het theewater opzet en koekjes haalt, houdt Ole zich vol enthousiasme bezig met de jonge puppy. Hoe kan het ook anders? Het stoort hem helemaal niet dat hij in het voorbijgaan een beetje geplast wordt.

Terwijl de eerste Kluntjes in de thee knetteren, vertelt Meta:

Sinds de dood van haar man is het nogal eenzaam om haar heen geworden, en de bezoekjes uit het dorp veranderen daar niet veel aan, ook al is ze er erg blij mee. Haar nichtje Thea en haar man hadden ook en daarom kwamen ze vandaag uit Bremen en gaven haar het hondje - "om weer wat leven in huis te brengen", zoals ze zeiden. Ole zag ze net wegrijden. "Ik denk dat ik haar Emma noem," zei Meta. "Ja, Emma is een mooie naam." "Jo," zegt Ole.

Dus zitten ze een tijdje bij elkaar, drinken thee, kletsen over ditjes en datjes, Ole speelt met kleine Emma. Als het begint te schemeren, zegt

Meta: "Ole, ik was zo blij je te zien. Maar nu moet je naar huis, anders zit je in het donker, en daar zou ik me zorgen over maken."

Terwijl Ole haar sjaal om zich heen knoopt, zegt ze: "Ole, één ding is wel jammer: ik zal met Kerstmis niet naar de kerk kunnen komen. Je weet hoe ik altijd heb uitgekeken naar dat moment. Maar ik denk niet dat ik Emma dan alleen kan laten. Ze is nog veel te klein."

Op weg naar huis, probeert Ole zijn gedachten te ordenen - tevergeefs. "Hoe kan het dat iets goed en slecht is op hetzelfde moment?" Hij kan geen antwoord vinden.

... Drie weken later:

Ole, Kai en Otto lopen over de Eemsdijk. Kai, Ole's vriend, is naar

Kai, de vriend van Ole, is een weekendje naar Kleinfunixwar-derSiel gekomen om mee te doen aan de repetitie voor het beroemde kerstspel "Ole's Kerstverhaal" - hij speelt tenslotte Jozef. Het derde lid van de groep, Otto, loopt niet echt over de dijk, nee - je kunt het niet "lopen" noemen. Otto is een jonge, maar machtig grote Berner Sennenhond en hij is gelukkig, en zo ziet het er ook uit als hij gelukkig is. Hij heeft ook een speciale manier om iemand te begroeten die hij aardig vindt: hij springt op met zijn voorpoten en zet ze allebei op de schouders van zijn tegenhanger, die zich dan meestal gewonnen geeft.die dan meestal zijn evenwicht verliest en op het zitvlak van zijn broek belandt. Hij hield vooral van Ole - wat te zien is aan Ole's broek.

Maar op deze dag is Ole daar niet ontvankelijk voor. Diep in gedachten verzonken, ploetert hij voort, dus na een tijdje vraagt `Kai, "Ole, wat is er? Je bent hier op de een of andere manier helemaal niet." "Ik moet nadenken," mompelt Ole. "Kan ik je daarmee helpen? Waar gaat dit allemaal over?" "Vertel me," zegt Ole, "hoe kan iets tegelijkertijd goed en slecht zijn?" En dan gaan ze allebei op de dijk zitten. - Otto wringt zich tussen hen in tussen hen in en gaat ook zitten - en Ole vertelt Kai het hele verhaal over Meta: aan de ene kant haar blijdschap over haar nieuwe metgezel en aan de andere kant haar verdriet over het feit dat ze niet naar de Kerstnachtdienst kan komen vanwege haar.

Maar Kai weet deze keer ook niet wat hij moet doen. Otto ook niet, trouwens, maar hij doet heel geïnteresseerd. "Ik zal met de pastoor praten" zegt Ole. "Jo" zegt Kai "en vraag hem dan meteen of dieren ook naar de hemel gaan" en neemt Otto in zijn armen. Dus ze zitten daar, met z'n drieën, op een of andere manier als broers.

De volgende dag heeft Ole een lang gesprek met de pastoor. En daarna heeft hij werk te doen, veel werk.

Op kerstavond zit de kerk in KleinfunixwarderSiel weer helemaal vol. De kerststal wordt opgevoerd. De huisbaas, Ole, heeft zojuist Maria en Jozef zijn kamer als onderkomen aangeboden; de handen van de organist zweven al boven de toetsen - klaar om het "O du fröhliche" te beginnen, wanneer de pastoor beide handen opheft en het hele proces stopt:

"Lieve gemeente, lieve mensen van KleinfunixwarderSiel, wij zouden graag" - en hij voegt er met een glimlach aan toe: "wij, dat zijn Ole en ik - wij zouden graag aan de om iets speciaals toe te voegen aan de Kerstnachtdienst van dit jaar. Ik krijg vaak de vraag, meestal van kinderen, of hun dieren ook naar de hemel gaan. Ik kan die vraag zo niet beantwoorden. Maar ik vond iets in de Bijbel over dit onderwerp. In de brief aan de Romeinen staat in het 8e hoofdstuk: "Want het angstig wachten van het schepsel is, totdat de kinderen Gods geopenbaard zullen worden. (...) want ook de schepping zal bevrijd worden uit de slavernij van het verderf tot de heerlijke vrijheid van de kinderen van God. Want wij weten dat de ganse schepping - dat wil zeggen de ganse schepping, met inbegrip van de dieren - kreunt en in barensweeën is tot dat ogenblik."

"Dus als wij met hen leven, als wij door hen leven, en als zij met ons wachten, dan - ja, laten wij dan vandaag ook Kerstmis met hen vieren - met onze dieren. Zoals de os en de ezel in hun tijd."

Dat zouden Ole's woorden geweest zijn, maar Ole houdt niet van praten. Hij doet liever iets. En dus opent hij op dat moment de grote poort van de zijvleugel van de kerk - en dan komen ze binnen:

Liese, de prachtige zwarte bruine, en de trotse Oldenburgse ruin van boer Larssen, drie schapen van dijkherder Jens Lorse, en twee geiten van de naburige geitenkaasboerderij Aalke Ebbing – allemaal zo schoon als een fluitje. Tussendoor kakelden enkakelden een paar ganzen en kippen en Otto hield ze allemaal in de gaten.

Doodse stilte in de kerk, zelfs de dieren worden zo stil als muizen. En dan klapt er iemand en opnieuw barst er een storm van enthousiasme los. En de organiste laat haar handen op de toetsen vallen, en omdat het "O du fröhliche" zo uniek en aanstekelijk vrolijk is, doet iedereen mee - zelfs de dieren.

In de allerlaatste kerkbank zit de oude Meta, en tranen van vreugde lopen over haar wangen.

En als je goed kijkt, zie je in een wollen deken aan haar zijde een bolletje wol liggen.

En als je goed luistert, kun je haar zachtjes horen snurken - de kleine poedeldame Emma.

# Nine

## Ole - Het is niet goed dat de mens alleen is

In KleinfunixwarderSiel was het in augustus ongewoon druk: Overal zag je jongeren, jong en oud, op skateboards en scooters, op fietsen en brommers, met rugzakken of bagage op de bagagedragers. Iedereen was duidelijk op weg naar de grote dorpsweide bij de de dijk. Daar waren ze bezig met het opzetten en organiseren van een uitgebreid kamp. Tenten, groepstenten werden in een cirkel opgezet, een kookplaats met grill en goulashkanon stond al klaar. Mobiele sanitair- en toiletcontainers waren onderweg. De plattelandsjeugd van het district Aurich bereidde zich voor op hun jaarlijkse zomerkamp, dit jaar hier - in KleinFunixwarderSiel.

Ole zat op een van zijn favoriete plekjes, op een bankje boven op de dijk. Van hieruit kon hij alles bekijken zonder zelf in de drukte te worden meegesleurd. Dat was – zoals we weten - niet echt zijn wereld: te hectisch, te luid, te verwarrend en te snel. Hij verkoos het rustig, duidelijk en weloverwogen. Maar toch, natuurlijk, wilde hij weten wat er in zijn dorp gebeurde.

De volgende dag kon je de muziek in het dorp al horen en luide stemmen vanaf het dorpsplein. Er was waarschijnlijk al veel aan de hand. Ole ging naar de dijk, naar zijn dijk, om te kijken en te luisteren en om op zijn eigen manier deel te nemen aan deze grote gebeurtenis. Al van verre zag hij dat hij deze keer niet alleen zou zijn. Er zat al iemand op zijn bankje; toen hij naderbij kwam herkende hij een jonge vrouw, bijna nog een meisje, iets jonger dan hij of hooguit even oud. Eerst wist hij niet hoe te handelen. Toen ging hij gewoon bij haar op de bank zitten. "Hallo," zei hij. "Hallo" zei ze. - Stilte. Op een gegeven moment waagde Ole het haar onopvallend van opzij te bekijken. Terwijl hij dat deed, werd hij op de een of andere manier heel ongemakkelijk, hij voelde iets in hem, iets deed iets met hem dat hij niet kende. "Ben jij ook een van hen?" waagde hij. "Jo." "Waarom ga je niet met hen mee?" "Het is niet mijn wereld." "Waarom ben je dan hier?" "Vanwege mama. Ze zei: "Dan zul je iemand ontmoeten." - Stilte. Ole was zich in het zweet aan het werken. Hij moest deze situatie uitzoeken en begrijpen. Hij wist het zo niet.

Toen besloot hij: "Mijn naam is Ole." En hij voelde zijn hart bonzen en het bloed naar zijn wangen stromen. "Mijn naam is Swantje," en daar glimlachte ze om. - Ole moest weg. "Kom je morgen terug?" "Jo, jij ook?" "Jo." De volgende ochtend was Ole vroeg op de dijk. In het kamp waren ze nog aan het lunchen. Maar al snel brak er iemand los van de groep richting de dijk. En toen Ole zich realiseerde dat het Swantje was, begon zijn hart weer tekeer te gaan. "Hallo, Ole." "Hoi, Swantje." "Gaan we een eindje wandelen, Ole? "Ja." En toen liet Ole Swantje zijn wereld zien - op zijn eigen manier. En Swantje was snel in de ban van Ole's fascinatie, zoals iedereen die Ole ontmoette. Maar deze keer was het meer dan een nieuwe wereld, een nieuwe manier van kijken en verwondering. Het was meer - met Ole en met Swantje.

Het zomerkamp was spoedig voorbij en daarmee ook de goede tijd van de twee. Toen ze afscheid moesten nemen, konden ze beiden hun tranen niet bedwingen. Ze namen elkaar in hun armen - en hielden elkaar lang vastheel lang.

Nog tweemaal in de volgende weken

slaagde Ole erin de bus te nemen naar Swantje's huis en een heerlijke dag met haar door te brengen. En als Ole dan thuis kwam, merkte hij dat hij veranderde. Hij had gedachten, gevoelens, die hij voordien niet had ontmoet; en men kan niet zeggen dat dit hem geen problemen veroorzaakte, dat hij er gewoon mee leefde.

Maar toen naderde Kerstmis, Kerstmis en de repetities voor het beroemde KleinfunixwarderSiel Kerstspel, waarin Ole een hoofdrol speelde. Tijdens de voorlaatste rol gebeurde het: Mareike, die samen met Ole's vriend Kai-Uwe het heilige paar Maria en Jozef speelde, raakte verstrikt in een rondslingerend touw, viel en brak haar been. Er was een catastrofe op komst. Maria of Mareike hoefden in het stuk niet echt iets te zeggen, maar er was geen andere jonge vrouw in KleinfunixwarderSiel die de rol van Maria qua leeftijd, uiterlijk of figuur overtuigend kon belichamen - geen wonder met slechts 300 inwoners.

Is er iemand verbaasd dat Ole na lang samen nadenken op het verlossende idee kwam? - Swantje! Hij vertelde Tomke, de oude onderwijzer die het toneelstuk opnieuw regisseerde, en zijn vriend Kai-Uwe, wie Swantje was en hoe hij haar kende en waarom en in het algemeen.

Kortom: Swantje was enthousiast en blij om de rol van Maria op zich te nemen - en er was nog wel een repetitie.

Kerstavond: De kleine kerk in KleinfunixwarderSiel zit weer eens helemaal vol. Maria en Jozef staan bevroren voor de herbergier, Ole, en vragen om onderdak. " Geen plaats!" is zijn antwoord en hij steekt zijn arm uit met zijn uitgestrekte wijsvinger. Eigenlijk had hij nu moeten zeggen: "Rot op!" Maar Ole zei de nuberoemde.zin: "Je mag mijn kamer hebben." - „Nee,nee.-Alleen jij

Swantje, alleen jij mag mijn kamer hebben." Het is uit, Ole dreigt flauw te vallen. En Maria? ... en Swantje komt naar hem toe, "Lieve, lieve Ole," en ze geeft hem zowaar een kus, geen klein kusje, meer zoals oma haar kleinzoon kust. Maar het is Ole's eerste kus, hij is helemaal in de war en stamelt iets als "...ik, ik jou ook."

En Kai-Uwe is verrukt en klapt. En de hele congregatie is opgewonden en klapt. Iedereen weet het: Twee mensen hebben elkaar gevonden die voor elkaar bestemd zijn. En we zullen veel met hen beleven.En weer klinkt het door KleinfunixwarderSiel: "O du fröhliche" - mooier dan het in lange tijd is geweest.

# Tien

## Virus-Kerstmis

Het virus heeft iedereen in zijn greep, Duitsland, Europa, de hele wereld - en natuurlijk ook Klein-funixwarderSiel. In het kleine dorp in het uiterste noordwesten van Duitsland, in het huis van Ole, heeft men er nog niet zoveel van gemerkt - er zijn tot nu toe twee gevallen van besmetting met een licht verloop, maar geen ernstig zieken en ook geen sterfgevallen - maar alle voorschriften ter bestrijding van het virus gelden natuurlijk en verstandig ook in KleinfunixwarderSiel: afstand houden, masker dragen, beperkingen bij bijeenkomsten, bijvoorbeeld ook in de kerk. Maar daar wordt het probleem al groter: De oude kerk in het dorp is vanouds zo gebouwd dat men liever tegen elkaar aankruipt in de korte, smalle banken, dan dat men afstand kan bewaren. Maximaal 8 - 10 personen, meer is niet mogelijk volgens de pandemieregels. Wanneer Ole zich dat realiseert, weet hij ook: Kerstmis zoals altijd met een volle zaal en met een kerststal - dat kan helemaal niet. En als hij met zijn Swantje om de tafel gaat zitten met de oude Tomke, zijn ze het snel eens: Kerstmis in de kerk - dat kan waarschijnlijk helemaal niet, niet dit jaar. Wie zou er op kerstavond naar de kerk mogen gaan? De top tien uit het dorp, het dorpshoofd met zijn gezin en het gezin van de voorzitter van de boerenbond? Of misschien de tien armste mensen in het dorp? Dat kan natuurlijk niet, want dan zouden ze ontmaskerd worden, gediscrimineerd, zoals de moderne uitdrukking luidt. Nee, in principe kan er niets plaatsvinden in de kerk, niets waarmee iedereen tevreden zou kunnen zijn.

En dus duurt het overleg van de drie

langer dan normaal, veel langer. En wat er uiteindelijk uitkomt is typerend voor Ole, die het gewoon niet kan verdragen dat iemand niet kon worden meegenomen, dat iemand zou moeten worden weggelaten - om welke reden dan ook. En oude Tomke is ook blij met het resultaat, ze kent haar Ole. En Swantje kijkt er naar uit om Kerstmis met haar Ole op een speciale manier voor te bereiden.

En dat betekent in de eerste plaats werk. Omdat, zoals we allemaal weten, niets vanzelf gaat. Dus wordt er gezaagd, genaaid en geschilderd, en zelfs een of ander

KleinfunixwarderSieler          talent, misschien al lang met pensioen, wordt aangemoedigd om mee te doen. En omdat Ole het hen vraagt, doen ze allemaal mee.

Een week voor kerstavond is alles op tijd klaar voor Ole en Swantje om op weg te gaan. Eerst kloppen ze natuurlijk aan bij het dorpshoofd, Johannes Ottens. Als zijn vrouw de deur opendoet, wensen Ole en Swantje haar "... nu al een heel bijzonder Kerstfeest." Zij presenteren Mareike Ottens met een uit triplex gezaagd en geschilderd stel: Jozef en de zwangere Maria. En op dat moment begint een nieuw

KleinfunixwarderSiel Kerstwonder als Mareike Ottens zegt: "Jo, je mag mijn kamer hebben." Ole en Swantje hadden dat echt niet verwacht, dus ze zijn des te blijer. En ze leggen hun plan voor een Virus Kerstmis uit aan het dorpshoofd. Op kerstavond stappen alle mensen van KleinfunixwarderSiel om 22.00 uur buiten de deur. In de kerk worden alle deuren geopend en de organiste speelt, zo luid als haar orgel toelaat, het "O, du fröhliche". Iedereen die het orgel kan horen doet mee, en zo wordt het zingen met het orgel al snel zo luid dat iedereen in het dorp het kan horen en meezingen. Dus, ondanks de pandemie, zou iedereen verenigd zijn op kerstavond. "Dat is nog eens een plan", zegt Mareike Ottens vol bewondering en wenst de twee veel plezier bij hun wandeling door het dorp en veel succes met hun plan.

In een vrolijke bui gaan Ole en Swantje op weg, en ze maken geweldige dingen mee: Het kleine kerstwonder dat begon bij de vrouw van het dorpshoofd, breidt zich uit en wordt een groot wonder, bijna een mysterie: bij elke voordeur waar ze aankloppen en een Maria-en-Joseph-paar voor-stellen, weerklinkt de echo: "Je mag mijn kamer hebben." En iedereen is het erover eens om op kerstavond "O, du fröhliche" op de voorgestelde manier mee te zingen. Ole en Swantje zijn elke dag op pad, in weer en wind, maar met een vrolijk hart, zodat alle Kleinfunixwarder-Sielers bereikt worden met deze kerstboodschap.

Op de middag van kerstavond gaan zij op weg naar de oude Meta Haien, die ver buiten het dorp woont met haar poedeldame "Emma". Het is niet verrassend dat de oude Meta ook haar kamer aan Maria en Jozef aanbiedt. Ze brengen kerstavond door met thee en koekjes - de thee krijgt ook een klein slokje rum - en ze hebben veel om over te praten. Emma is ook erg blij met het bezoek en wil niet van Swantje's schoot af.

Om 22:00 uur gaan ze de deur uit. De nacht is bezaaid met sterren en het duurt maar heel even voor de golf van het lied "O, du fröhliche" tot hen doordringt. Natuurlijk zingen ze alle drie de verzen mee, Emma inbegrepen.

Als het lied is weggeëbd en de oude Meta haar traantjes heeft weggeveegd, zegt ze tegen hen beiden: "Wel, jullie twee gaan nu niet naar huis. Je mag mijn kamer hebben."